AF233850

Ye

1329

LA RENOMMEE AV ROY.

PRESENTE'E A SA MAIESTE'
au commencement de l'année 1664.

A PARIS,

M. DC. LXV.

LA
RENOMME'E
AV ROY.

PRODIGE des Heros, Merueille des Mo-
narques,
Vous qu'on connoit sur tous par tant d'il-
lustres marques;
Miracle de la Terre, & Chef-d'œuure des
Cieux,
Qui rauissez les cœurs, aussi-tost que les yeux.
C'est Vous, comme de Dieu, la plus auguste Image,
A qui ie viens offrir vn eternel hommage:
Et c'est Vous que ie veux reuerer desormais,
Comme le plus grand Roy, que le monde eut iamais.
De grace, ô charmant Prince, & le seul que i'admire,
Ne trouuez pas suspect ce que ie viens de dire;
Ie suis la Renommée; hé, qui peut mieux que moy
Sçauoir les qualitez d'vn Heros, & d'vn Roy?

A

N'est-ce pas moy qui fais renaistre de leurs cendres,
Les Nembrots, les Cyrus, & les grands Alexandres?
Dans Rome seulement sans moy connoistroit-on,
Ny Cesar, ny Pompée, Auguste, ny Caton ?
Et n'est-ce pas à moy, qu'vn fier Achille mesme,
Aussi bien que Iason, doit sa gloire suprême ?
Mais enfin quelques Grands qu'ils parussent sur tous,
Sans doute pas vn d'eux ne fut égal à Vous.
Dans le bruit que i'ay fait des hommes memorables,
I'ay dit des veritez, mais i'ay bien dit des Fables.
Eux-mesmes m'ont instruit à mentir dés leur temps,
Pour cacher leurs defauts par des noms éclatans,
Et i'en ay fait passer pour des foudres de guerre,
Pour de puissans Vainqueurs , des Monstres de la
     Terre,
Pour d'horribles Geans, qui menaçoient les Cieux,
Pour des hommes sans peur. & mesme pour des Dieux.
Mais deuant vous, grand Roy , les menteurs doiuent
     craindre,
Et ie n'ay pas besoin de flater ny de feindre,
Puis qu'il suffit pour faire vn merueilleux Portrait,
De vous dépeindre tel que le Ciel vous a fait.
   Il est vray qu'autrefois mon ame estoit rauie,
De publier des Grecs la memorable vie ;
Mais de ces Grecs vaillans, qui par de beaux lauriers,
Se faisoient admirer des plus braues guerriers
Lors qu'auec peu de gens par des Ruses diuerses
Ils battoient en vn iour plus de cent mille Perses,
I'ay bien pris du plaisir à loüer ces Romains,
Qui sçeurent mettre à bas les plus fiers des humains,

Et difpofants enfin des plus beaux Diadêmes,
Au rang de leurs fujets reduire les Roys mefmes;
Ouy i'allois auec joye, & d'vn fort ton de Voix
Raconter en tous lieux leurs glorieux exploits;
Mais dés que les François paroiffants dans le monde,
Eurent fait reffentir leur valeur fans feconde;
Lors moy-mefme admirant les efforts de leurs mains,
I'abandonnay pour eux, Perfes, Grecs, & Romains,
I'abandonnay d'abord le refte de la Terre,
Et pour les obferuer les fuiuis à la Guerre.

Ie vis vn Pharamond plein d'efpoir, & de cœur,
Faire vn nouueau deffein digne de fa valeur,
Aller forcer le Rhin pour joindre fon domaine,
Vn jour aux bords fameux du Lis, & de la Seine,
Pour ofter aux Romains l'Empire des Gaulois,
Et dans Paris enfin pouuoir faire des Loix.

Ie vis vn Meroüée aux Champs Catalauniques
Rompre d'vn puiffant Chef les complots tyranniques,
D'vne armée inombrable éclaircir les Soldats,
Mettre l'orgueil des Huns, & leurs forces à bas;
Dans la Gaule établir la France auec fa gloire,
Et marier le Mein par force auec la Loire.

Ie vis auec plaifir par vn coup merueilleux
Le grand Clouis tuer vn Tyran orgueilleux;
Battre & pouffer bien loin fes troupes étonnées,
Et rendre tout foûmis iufques aux Pyrenées.

Mais, ô Dieux! quelle joye eus-ie lors qu'vn Martel
Rendant la France heureufe, & fon nom immortel,
Par le fort inoüy d'vn exploit incroyable,
Défit les Sarazins dans leur Camp effroyable;

En tua ſi grand nombre, & mit ces Rodomonts
Dans la neceſſité de repaſſer leurs Monts.

Ah ! que j'eus de plaiſir à voir vn Charlemagne
Subjuguer l'Italie, & dompter l'Allemagne,
Vaincre mille perils d'vn cœur touſiours ardent,
Remettre auec éclat l'Empire d'Occident,
Par un nœud glorieux le ioindre à la Couronne ,
Et receuoir du Ciel le plus beau ſort qu'il donne.

Ah! que i'étois ſurpriſe alors que vos Ayeux
Alloient verſer ſi loin leur ſang ſi precieux,
Et chercher hardiment au delà des Mers meſmes,
Par de nouueaux combats, de nouueaux Diadêmes;
Que tous ces grands Heros par leurs exploits diuers
M'ont fait faire ſouuent le tour de l'Vniuers,
Et que i'ay fait de bruit en publiant leur gloire,
Pour en laiſſer par tout vne illuſtre memoire:
Mais il faut aduoüer que i'ay trouué bien doux,
Parmy tant de Guerriers d'en loüer Deux ſur tous.
Ah! que le Grand Henry m'a de fois occupée
A dire les grands coups de ſa vaillante Eſpée :
Et que Louis le Iuſte auec ſes beaux exploits
M'a fait bien iuſtement hauſſer ſouuent la voix.
La Bataille d'Yury , le fameux combat d'Arques,
Vn beau Sceptre arraché des mains des faux Monarques;
Vne puiſſante Ligue abbatuë en tous lieux,
Me firent éleuer le Premier iuſqu'aux Cieux.
Et l'Autre au ſiege ſeul d'vne forte Rochelle
N'eut-il pas de ma bouche vne gloire immortelle ;
Lors qu'vn vague Element par merueille arreſté
Fit voir vn grand Party tout à la fois dompté?

Mais

Mais à quelque haut poinct que ces Roys admirables,
Par leurs grandes vertus se soient rendus loüables;
Iamais à parler d'Eux (quoy qu'il me fût bien doux)
Ie ne pris de plaisir comme à parler de Vous.
Non, ie ne vous mens point, lors de vostre Naissance,
I'eus vne joye extrême auec toute la France;
Et surprise de voir vn si beau don des Cieux,
I'en allay publier la merueille en tous lieux.
I'en allay dés l'instant iusqués aux bouts du monde
Faire vn bruit sans pareil, d'vne ardeur sans seconde,
Et dy, trouuant en vous tant de charmes diuers,
Qu'il estoit né sans doute vn Maistre à l'Vniuers,
Ma créance depuis en deuint bien plus forte;
Aussi vid-on iamais vn Prince de la sorte?
Auecque tant d'éclat, de grace, & de beauté,
Auec tant de douceur, & mesme de fierté?
Et jamais sous les Cieux connut-on en quelque autre
Vne enfance si belle, & pareille à la vostre?
Il m'en souuient encor, vous auiez des appas
En tous vos mouuemens que les autres n'ont pas:
Quoy qu'encor vos vertus ne fussent qu'imparfaites,
Vous promettiez alors ce qu'à present vous estes,
Et ie sçay que iamais aucun Prince à le voir
Dans cét âge impuissant ne donna tant d'espoir.
Vous portiez dans les yeux, & par tout le visage
D'vn pouuoir inoüy l'infaillible presage:
Vous auiez tous les traits d'vn nouueau Conquerant,
Et tout petit encor, vous paroissiez bien grand.
Que ie fis bien dés-lors valoir ces conjectures,
Et les signes si beaux de vos grandeurs futures;

Mais d'abord ie remplis tous les Princes d'effroy,
Quand de foible Dauphin on vous vid puiſſant Roy:
Oüy lors d'vn bruit pareil à celuy du Tonnerre
Ie fis trembler de peur les plus grans de la Terre,
Et vous ayant depuis cent fois veu triomphant,
Ie leur dis què vos jeux n'eſtoient pas jeux d'Enfant,
Que de tous les coſtez vous gaigniez des batailles,
Que vous mettiez à bas les plus fortes murailles,
Que l'Empire, l'Eſpagne, & tous les Païs-bas
Gemiſſoient des grands coups de vos fameux combats,
Que la Fortune meſme eſpriſe de vos charmes
Suiuoit touſiours vos Vœux, & ſecondoit vos armes,
Qu'on vous craignoit par tout, & que iamais Mineur
N'auoit tant fait que vous, ny tant acquis d'honneur,
  Ah! que pour vous alors ie ſupportay de veilles,
Ah! que ie dy de vous en tous lieux de merueilles.
C'eſtoit là tous les iours mon diuertiſſement,
Et mon ſoin le plus cher, comme le plus charmant,
Ie fis ſçauoir par tout, moy qui ſuis bien agile,
Que vous auiez ſoûmis puiſſamment Thionville,
Pris de force Donkerque à de fiers Matelots,
Qui ſe mocquoient du Ciel, de la Terre, & des flots,
Pris de meſme la Motte alors ſi redoutable,
Et domté Graveline aux plus forts indomtable.
Que vous auiez gaigné Tortoſe, & ce beau Port,
Dont le nom eſt ſi doux, & le poſte ſi fort.
Que vous auiez acquis, Vormes, Mayence, & Spire,
Les plus beaux Ornemens du Germanique Empire;
Que ce fier Philiſbourg, qui faiſoit tant de bruit
Malgré luy ſous vos Loix auoit eſté reduit,

Que vous auiez conquis des Prouinces entieres,
Et iusques au Danube étendu vos frontieres.
  Lors mesme que l'audace auec l'aueuglement,
Porta de vos sujets dans le déreglement,
Que le violent feu des discordes Ciuiles,
Embraza tout d'vn coup vos plus puissantes Villes.
Qu'on rendit Ennemis par de noirs differens
Les François des François, les Parens des Parens.
Lors qu'on vid tout l'Estat dans vn desordre extrême,
Qu'on ne connoissoit plus Paris dans Paris même,
Qu'il paroissoit par tout vn chaos plein d'horreur,
Où regnoient l'Interest, la Haine, & la Fureur.
Lors que persecuté de factions diuerses
On vous vid si constant parmy tant de trauerses:
Quand vous eustes en fin heureusement soûmis
Les cœurs trop éleuez de vos fiers Ennemis;
Quand vous eustes calmé ces funestes querelles,
I'allay par tout le Monde en porter les Nouuelles:
Mais i'allay de bon cœur, sans me lasser iamais
De loüer vos faueurs, aprés tant de beaux faits.
  Que depuis i'eus de ioye à voir chaque Campagne
Vn si ieune Monarque aller contre l'Espagne,
Aimer si fort la guerre, & comme vn autre Mars,
Méprifer la fatigue, & brauer les hazards.
Que ie pris de plaisir à vous voir dans l'Armée
Parmy tant de Canons, de flamme, & de fumée
Parmy tant de perils, de peine, & d'embarras,
Aller prendre Stenay, puis secourir Arras;
Faire fuïr l'Archiduc, & ses Troupes si belles,
Malgré leur grauité, iusqu'aux murs de Bruxelles,

Faire fuir Fonſaldaigne, auſſi bien ſecondé,
Prendre aprés Landrecy, ſaint Guilain, & Condé;
Mais prendre Montmedy, qui ſembloit imprenable,
On ne fit ſans mentir iamais rien de ſemblable.
Pour moy i'en fus rauie, & ie conceus d'abord
Le glorieux deſſein d'en faire vn beau Rapport,
Et Donkerque repris aprés vne bataille
Monſtra bien qu'il n'eſt point de Prince qui vous vaille.
Grand Roy tous ces exploits ſi merueilleux à voir
Me parurent bien doux à les faire ſçauoir,
Leur éclat me ſurprit, & ie trouuay des charmes
A publier par tout tant de ſi beaux faits d'armes.
   Mais ! ô Dieux quelle eſtrange & funeſte douleur
Sentiſ-je par le coup d'vn horrible malheur;
Lors qu'vn mal inſolent par vne audace extrême
Paſſa tout vne Armée, & s'en prit à vous-même,
Qu'on vous vid comme mort, ſans vigueur, & ſans Poulx,
I'en perdis la parole auſſi-toſt comme vous,
Moy qui parle touſiours, ie n'ozois lors rien dire,
Mes larmes ſeulement faiſoient voir mon martire,
Des languiſſants helas m'échapoient quelquefois,
Et de frequents ſoûpirs me tenoient lieu de voix :
Mais quand i'eus veu ceſſer cette fiévre importune
Qui menaçoit l'Eſtat d'vne extrême infortune;
I'allay d'abord par tout ſans attendre plus rien,
Diſant d'vn ton bien haut, le Roy ſe porte bien.
Ces mots, quoy que ſi doux, firent trembler l'Eſpagne;
Murmurer l'Italie, & fremir l'Allemagne,
L'Eſcaud en fut troublé tout le long de ſon Cours,
Mais la Seine en parut belle comme touſiours;

Et

Et la France auſſi-toſt de plaiſir fut rauie
De vous voir prolonger vne ſi belle vie,
Recouurer Graueline , & par vn heureux ſort
Triomphant de la Mer, triompher de la Mort.
　Apres auoir ainſi remply toute la Terre
Du bruit miraculeux de vos exploits de Guerre;
Apres tant de Combats , apres tant de beaux faits
N'ay-ie pas dû par tout apprendre auſſi la Paix?
Cher Prince, ie l'ay fait , on l'a ſçeuë en Afrique,
Dans l'Aſie auſſi-toſt, meſme dans l'Amerique,
Et l'Europe en gouſtant ce bon-heur infiny
Vous en a mille fois , & mille fois beny.
I'en ay loüé l'Autheur , & cette grande Reine
Qui pour vos intereſts prit touſiours tant de peine,
Et qui demande encor tous les iours à genoux
L'aſſiſtance du Ciel, & ſes graces pour Vous.
I'ay dit ce grand Hymen où l'Eſpagne , & la France
Firent voir tant d'éclat, de pompe , & de puiſſance,
Et qui ſçeut en vn iour par vn lien charmant
D'vn Roy faire vn Captif, & d'vn Braue vn Amant.
I'ay dit en meſme temps d'vne voix triomphante
Les grandes qualitez de cette illuſtre Infante,
De qui l'ardent amour, par vn heureux deſtin
Vous a donné ſi-toſt vn ſi rare Dauphin.
Et que n'ay-ie pas dit de ce fils admirable
Qu'on trouue tous les iours , en tout incomparable;
De qui les yeux, les traits, les mouuemens, les pas,
Les jeux, les entretiens, ſont tout remplis d'appas :
D'vn fils que vous aimez d'vne tendreſſe extrême
Comme aimable ſur tout, comme vn autre vous-meſme,

C

Et qui fait defia voir par fes ardents regards
Dans le corps d'vn amour, le cœur d'vn petit Mars.
I'ay loüé les beautez du Fils, & de la Mere,
I'ay loüé les grandeurs, & les vertus du Pere.
Oüy ie vous ay par tout loüé cent & cent fois
Comme le plus loüable & le premier des Roys;
Encore tous les iours dans les lieux où ie paffe
Sans ceffe ie vous loüe, & fans que ie me laffe:
Mais n'ay-ie pas raifon ? quoy ne dirois-ie rien
De vous voir fi bien faire, & gouuerner fi bien!
Quoy! defia poffeder cette haute fcience,
Qu'on n'acquiert qu'auec l'age, & par l'experience!
Quoy fi ieune eftre en tout plus reglé que les vieux,
Parler bien de l'Eftat, agir encore mieux;
Sçauoir fi fagement regir tant de Prouinces,
Surprendre les plus fiers, & les plus fins des Princes !
Quoy raifonner de tout fi bien auant le temps,
Faire auec tant de cœur, tant de coups importants;
En vous diuertiffant prendre de fortes places,
Des plus fameux Heros fuiure les belles Traces;
Egaler leur merite, & mefme les paffer
En agiffant toufiours fans iamais vous laffer!
Quoy conduire vn deffein auec tant de prudence,
Souuent auec vous feul en faire confidence:
Auoir vn efprit net fans doute & fans pareil,
Qui furprend tous les iours les plus forts du Confeil;
Qui fe fait admirer des plus fages du monde,
Par fa folidité, qui n'a point de feconde!
Quoy trauailler fans ceffe à de nouueaux projets!
Quoy prendre vn fi grand foin de vos moindres fujets!

Faire vn ſi iuſte choix des hommes neceſſaires
Pour le bien de l'Eſtat, & des grandes affaires,
Des hommes éclairez, fideles, excellents,
Sages, laborieux, fermes, & vigilans !
Quoy ! ſi ieune ſçauoir par vne force extrême,
Aprés vos Ennemis, vous vaincre encor vous meſme.
Moderer vos deſirs, regler vos paſſions,
Surmonter leurs appas, & leurs émotions.
Ne ſont-ce pas aux yeux de charmantes merueilles,
Et ne fais-ie pas bien d'en charmer les oreilles?
C'eſt en vous que ie trouue vne belle fierté,
Vn viſage heroïque, & plein de Majeſté:
C'eſt en vous que i'admire, & la mine, & la grace,
Ce Port auantageux qui tout autre ſurpaſſe;
Cét air tout ſouuerain qu'on ne peut exprimer,
Qui ſçait vous faire craindre, & ſçait vous faire aimer.
Ce cœur ſi genereux qu'il n'en eſt point de meſme
Bienfaiſant, liberal, d'vne valeur ſuprême,
Intrepide, grand, noble, ardent, ambitieux,
Qui n'a rien de commun, ny rien de vicieux.
Cette ame toute belle, où regne la Iuſtice
Eclatante en vertus, exempte de tout vice;
Qui comme vn beau Portrait de la Diuinité
N'aime que la candeur, l'ordre, & l'integrité;
Ie vous admire en tout, vous paſſez tous les hommes,
Et du temps, qui n'eſt plus, & du temps où nous ſommes:
Vous paſſez des Cezars les nouueaux & les vieux,
Vous paſſez tous les Roys, & meſme vos Ayeux.
Quand vous ne ſeriez pas de ſi haute naiſſance,
Quand on n'auroit de vous aucune connoiſſance,

A vous voir feulement, on vous prendroit dabort
Pour vn homme à tout vaincre, & digne d'vn beau fort.
Oüy quand les Roys viendroient malgré la Loy Salique
D'vne election libre auffi bien que publique,
Vous feriez affeuré d'auoir le premier rang
Et le choix vous feroit ce que vous fait le Sang.
Enfin au prix de Vous vn Prince ne peut eftre,
Qu'vn Aftre fans éclat, qui ne fçauroit pareftre;
Et vous eftes fur tous comme vn brillant Soleil,
Sans repos, fans defaut, fans tache, & fans pareil.
Moy, qui vis l'Vniuers en fa plus tendre enfance;
Moy, qui des premiers morts, pris iadis ma naiffance,
I'ay connu les Heros, & i'ay parlé de tous,
Mais ie n'en vis iamais d'acheué comme Vous;
Ils eurent cent defauts honteux à leur memoire,
Et vous auez vous feul vne parfaite gloire.
   Qu'on ne m'obiecte plus ce Prince Affirien,
Qui fçeut par tant de mal acquerir tant de bien:
Qu'on ne m'obiecte plus ce Monarque des Perfes,
Qui deuint fi puiffant apres tant de trauerfes;
Si par vn beau recit de fes fameux lauriers
Ie l'ay fait eftimer vn des plus grands Guerriers;
N'ay-ie pas dit auffi que fa fin fut infame,
Qu'on vid ce grand Vainqueur vaincu par vne femme,
Qu'ayant aimé le fang, la iuftice du fort
Permit qu'on l'en foulaft, du moins apres fa mott,
Et qu'vn cruel trépas digne de fon enuie,
Fuft l'equitable prix d'vne cruelle vie.
C'eft en vain, c'eft à tort qu'à vous mefme on pretend
Efgaler vn Roy Grec, d'vn fort bien éclatant

Quoy

Quoy que sa gloire soit de si longue durée,
Il ne vous valut pas, i'en suis bien asseurée,
Et ce Grand dont le nom en tous lieux retentit
Au prix de vos Grandeurs me paroît bien petit.
S'il eut quelques vertus, il eut d'étranges vices,
Il reconnut bien mal de signalez seruices,
Et fit des actions que i'eus honte autrefois
D'apprendre à l'Vniuers, & d'en charger ma voix.
Au reste sa valeur ne parut qu'en Asie
Sur vne Nation d'estonnement saisie,
Sur des volupteux sans adresse, & sans cœur,
Dont il luy fut aisé de se rendre Vainqueur.
Mais pareil à l'eclat d'vn furieux tonnerre,
Vous auez renuersé des plus forts de la terre,
Et vous auez tousiours recherché des Combats
Où l'orgueil des plus fiers deust estre mis à bas.
Qu'on ne me parle plus de cét illustre Iule
Dont l'eclat a terny, l'eclat mesme d'Hercule,
Quelque si haut dessein qu'il ait executé,
Ce ne fut sans mentir qu'vn esprit emporté;
Il eut beaucoup d'ardeur, & bien peu de prudence,
Mais son bon-heur fatal fit plus que sa vaillance;
Et son neueu qu'on vante encor tant aujourd'huy,
Fut-il moins temeraire, & plus sage que luy.
Ne sçait-on pas qu'il mit toute son industrie,
Aussi bien que Cezar à perdre sa Patrie?
Et ne fit-il pas voir par vn Triumuirat
Qu'il n'estoit qu'vn cruel, qu'vn lâche, & qu'vn ingrat?
Mais ie puis défier sans peur mesme l'enuie,
De trouuer vn defaut dans toute vostre vie:

D

Mais d'en trouuer en Vous, non, non, vos qualitez
N'ont rien que de charmant dans leurs propres beautez,
Et toutes à la fois, ô Prince incomparable,
Compofent cét Eclat qui vous rend admirable.
 Que fi i'ay tant parlé de ces vieux Conquerants,
C'eft qu'aux âges paffez ils furent les plus grands;
Mais s'ils eftoient au monde en ce fiecle où vous eftes,
Que toutes leurs grandeurs paroîtroient imparfaites;
Ie n'en daignerois pas dire vn mot feulement,
Que pour vous en donner du diuertiffement :
Mais ie fçay qu'ils viendroient vous admirer eux-mêmes,
Et rendre leur hommage à vos vertus fuprêmes.
 Ainfi ie ris fouuent de tous ces Souuerains,
Qui malgré leurs defauts, font aujourd'huy les vains.
Ie méprife les Roys comme indignes de l'eftre,
Lors qu'ils n'ont rien en eux qui les faffe pareftre,
Puis qu'auec Iuftice vn Monarque en effet,
Doit eftre comme Vous, tout grand, & tout parfait.
 Ainfi toutes les fois que ces Roys en peinture
Ont dans leurs grands deffeins quelque heureufe auanture,
I'en parle malgré moy, mais le moins que ie puis,
Et i'ay du déplaifir d'eftre ce que ie fuis.
 Ah ! le fâcheux employ, d'aller chanter la vie
Et les fanglans combats, d'vn Duc de Mofcouie !
Mais ô Dieux de remplir les nouueaux entretiens,
Des Conqueftes du Turc, aux défpens des Chrêtiens !
I'aime mieux deformais me faire violence,
Et m'inpofer moy-mefme vn eternel filence;
Mais auffi, ce fera me nuire au dernier point,
Ie ne feray plus rien, fi ie ne parle point.

Dans cette extremité, que faut-il que ie faſſe?
Prince ſi genereux ſecourez moy de grace,
C'eſt de vous que i'attens de quoy me conſoler,
Gardez moy de perir en me faiſant parler;
Songez à me donner quelque illuſtre matiere,
Qui demande ma force, & ma voix toute entiere,
Ie me donne à vous, tout, & ne veux deſormais
M'employer que pour vous ſans m'épargner iamais.
Vous eſtes mon bon-heur, ma gloire, & mes delices,
C'eſt vous qui meritez vous ſeul tous mes ſeruices,
C'eſt à vous ſeul auſſi, que ie les offre tous,
Quand on ſert ce qu'on aime il n'eſt rien de ſi doux.
Ce n'eſt pas vous offrir des choſes trop friuoles
Souuent de grands effets ont ſuiuy mes paroles.
Ie puis beaucoup pour Vous, quoy que vous puiſſiez tant,
Et le bruit que ie fais, vous eſt bien important.
Vous verrez ce que peut faire la Renommée,
Vn iour quand vous irez commander vne Armée:
Mais i'ay déja tant fait, qu'à preſent en tous lieux
L'on reuere & l'on craint voſtre nom glorieux,
Et ie ne connoy point de Prince ſur la terre
Qui voulut contre vous auoir la moindre guerre:
　Mais Vous, ô genereux, & formidable Roy!
Vous l'Aiſné de l'Egliſe, & l'appuy de la Foy.
N'irez vous pas vn iour contre ces Infidelles,
Qui dans le ſang Chrêtien trempent leurs mains cruelles?
N'irez vous pas venger par vn iuſte couroux,
Ce ſang qui vous appelle, & qui ſe plaint à vous?
Et voulez-vous ſouffrir, que des ames barbares,
De laſches Renegats, des Turcs, & des Tartares

Courent impunement ſur de foibles Hongrois
Au mépris de l'Empire, & des plus puiſſants Roys?
Vous pouuez mieux qu'aucun en prendre la defence,
Et meſme l'Ottoman ne craint qu'vn Roy de France:
Voſtre nom ſeulement le met dans l'embarras,
Que fera voſtre cœur, que fera voſtre bras?
Eſtant vne merueille, & l'effet d'vn miracle,
N'en deuez-vous pas faire à forcer tout obſtacle?
Rien ne vous ſçauroit nuire, vn Prince Dieu-donné,
Ne peut eſtre de Dieu iamais abandonné:
Vous eſtes ſon ouurage, & puis qu'il vous fit naiſtre,
Il veut agir par Vous, & ſe faire conneſtre;
Vous ne manquerez pas de force, ny d'appuy,
Sera-t'il pas pour Vous, quand vous ſerez pour luy?
Allez donc remporter victoire, ſur victoire,
Allez par ſon ſecours augmenter voſtre gloire?
Meſurez l'auenir par vos exploits paſſez,
Vous auez fait beaucoup, mais ce n'eſt pas aſſez?
Quoy qu'on ait veu de vous des choſes ſans pareilles,
On en eſpere bien de plus grandes merueilles.
Déja c'eſt trop languir dans vne oiſiue paix,
Qui iamais ne combat, ne triomphe iamais.
La paix aux conquerants ne peut qu'eſtre nuiſible,
Mais la guerre eſt pour vous, vn bon-heur tout viſible:
Vn Roy fait tous les iours par là des gains nouueaux
Et peut monter bien haut par des degrez ſi beaux ;
Qu'attendez vous encor ? vous auez la ieuneſſe,
Vous auez la vigueur, le courage, & l'adreſſe,
Vous auez le loiſir, vous auez le pouuoir,
Vous auez en vn mot tout ce qu'il faut auoir:

Les

Les forces, les moyens, la valeur, la prudence,
La reputation, mefme l'experience.
Penfez vous que le Ciel, qui ne fait rien en vain,
Vous ait rendu parfait, & fi grand fans deffein?
Puis que vous luy deuez, & l'eftre, & la Couronne,
Suiuez les mouuemens que fans doute il vous donne;
Secourez les Chrêtiens dans leur neceffité,
Tirez des malheureux hors de l'aduerfité.
Defendez la Hongrie, & fauuez l'Allemagne,
C'eft, ô vaillant Loüis, le bien de Charlemagne;
Et vous deuez l'auoir, comme fon Succeffeur
Par vn illuftre choix, ou bien par voftre Cœur.
Suiuez à l'auenir vn fi parfait modele;
Suiuez fes grands deffeins, mais fuiuez fon grand zele;
Faites voir comme luy fur des Mahometans
La force de vos coups, & de vos Combatans.
Domtez des Ennemis plus brutaux que des beftes,
Conquerez iuftement leurs injuftes conqueftes.
Faites que vos exploits les rendent tous furpris,
Faites les repentir d'auoir trop entrepris.
Faites qu'à leurs defpens la guerre continüe,
Faites que par la Croix leur Croiffant diminuë;
Et moy d'ailleurs courant deuant Vous iour, & nuit,
Pour les efpouuanter ie feray bien du bruit.
Allez fonder en Thrace vne nouuelle France,
Allez planter vos Lys fur les Tours de Byzance,
Allez fuiuant le cours de voftre beau Deftin
Ofter à Mahomet le bien de Conftantin.
Allez de grace, allez, puifque vos iours font calmes
Cuëillir de beaux Lauriers dans le païs des Palmes;

E

Chasser absolument des méchans d'vn saint Lieu,
Où fut versé pour tous le Sang d'vn Homme-Dieu,
Et suiuy d'vne Armée aussi grande qu'agile,
Aux Forts de l'Alcoran rétablir l'Euangile.
C'est vous qui deuez mettre vn haut Sultan à bas,
Et ranger sous vos Loix tous ses riches Estats:
C'est vous puisque le Ciel auecque vous conspire,
Qui deuez posseder, & l'vn & l'autre Empire;
Tous deux furent long-temps au pouuoir des François,
Et les ayant tous deux, vous n'aurez que vos droits.
Oüy sans doute, c'est vous, dont la vaillance extrême
Doit remplir le Croissant auec le Croissant mesme;
Et Dieu vous a choisy sur tant de Roys diuers,
Pour rendre enfin la France égale à l'Vniuers.

Qu'aprez ces beaux succez ie seray satisfaite,
Puisque i'auray l'effet de ce que ie souhaite,
Et que comblé de gloire, & de prosperitez
Vous aurez, ô grand Roy, ce que vous meritez.
Où le Soleil se leue, où le mesme se couche,
On n'entendra deslors que des chants de ma bouche;
Mais des chants de Triomphe, & de Rauissement,
Qui donneront par tout du diuertissement:
Et ie diray sans fin sur la Terre, & sur l'Onde;
Vive Lovis le Grand, Vive le Roy
    dv Monde.

FIN.

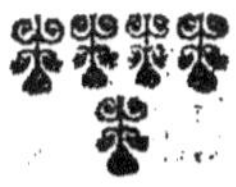

Par le sieur SERVIER.